私は変わった
変わるように
努力したのだ

私は変わった変わるように努力したのだ

福原義春の言葉

求龍堂

巻頭扉題字／福原義春
ポートレート撮影／エバレット・ブラウン
装丁／晴山季和

「古い私」を一度捨てて、
それまで学んで来た全てを軸にして
「新しい私」に入れ換えようと決心した。

目次

I　人は変われる

人を動かすのは理屈ではない。
人の熱い情念なのである。

そもそも私は何者か、
私は何を知っているか、
何が私の特徴か、
私は何のために生きているのか、
私は他者のために何をしてあげられるか。

この世に生を享《う》けたということは、「天命」なのです。

この世に生を享けて、自分を向上させつつ
人にも影響を及ぼしながら生きていこうと思うのなら、
それがその人にとっての価値なのです。

自分が見ている自分は、決して正しくない。

いつも自分の斜め上あたりから、
自分を厳しく見つめる視点をもつ。

要は自分で考えればいいのです。
人生のあらゆることに対して、
十分に考えて行動することを学ぶのが「哲学」で、
一生、森羅万象あらゆることを
学習していく姿勢が大事なのです。

自分を飾らずに本当の自分をさらけ出して付き合う以外にないのです。

運命は、ひとりでに来るものだ。
運命は待っている所へ来るのではなく、
運命を受け入れる態勢をつくっている所へ
ひょっこりと現れるものなのだ。

せっかく降ってきた運命も、
それを受け止めるだけの器がなければ、
自分のものにはならない。

運がいいと思われている人は、
よく人の話を聞き、
いろいろな見聞を広め、
面倒がらずに人に会いに行き、
よく行動するというような面をもっている。

よく動く人は、
本人も知らないうちに
「偶然」や「運の種」をまいている。

幸せと不幸せは必ず二人一組でやって来る。

大きな幸せが小さな不幸せを運んでくる場合と、
小さな幸せが大きな不幸せを連れてくる場合がある。

どっちになるかはわからないが、
必ず一緒に来るということだけは肝に銘じておこう。

幸運に恵まれても有頂天になってはいけない。
不運に遭遇しても決して落胆する必要もない。

現状から抜け出せない自分こそが「真の敵」。

「時」に学ぶとは、現状を否定すること、
現在の自分を否定することだと思っています。
「自己否定」は、実につらい作業ですが、
これを成しとげたとき、はじめて
「生きる」ことを実感するのではないでしょうか。

「我執」「自我」は最も離れがたく手ごわい。
そこから自由になれば人間は変わっていきます。

人生は会社に勤めて死ぬために生まれてきたのではない。

人生というのは働くことも遊ぶことも楽しむことも含めての人生である。

II　仕事の本質を変える

仕事をしているように見えることと、
仕事をしていることは全く違う。

大きな仕事は、小さな人間からは生まれません。
人間が大きくなれば、必ず大きな仕事が生まれてくるはずです。

ビジネスマンは、努力を怠るべきではないけれど、
ただ、それは孔子的な「立身出世主義」ではなく、
荘子のように、しなやかに、おおらかに、
将来、「無為の心」「自然の風格」を
身につけられるようになるための努力です。

事に臨んでフレキシブルであれ。

融通無碍な自分をつくっていく。

右から圧力が来たら左に倒れればよい。
左から来たら右に倒れればよい。
ぎゅっと絞られたら、細くなればよいのです。
そうすれば反対の力が出てきます。

スポンジは、絞れば小さくなります。
絞る力を緩めれば再び元の形に膨らみます。
スポンジのような自分をつくっていくことが、
多くのことを素早く、確実に吸収して身に付けることになり、
自分を成長させる「近道」になるというわけです。

何事であっても、最も単純な仕事こそ、
ごまかしや手抜きがきかない。

昨日つくったものより、
もう一ついいものをつくろうとする職人の心意気をもて。

未来を予測することは、
今日やっていることの延長を考えることよりも、
大きな夢をもつか、さもなければ今起きていることを
人の気づかない視点で眺めてみることではないだろうか。

「前例」とか「業界の常識」などというものは、全く信用できない。

時代が変化する。
だから毎年同じ仕事を繰り返していてはいけない。

会社の仕事も忙しいでしょうが、できるだけ社外の仕事に参加しなさい。協力しなさい。そこで社会の原理を学ぶのです。

「馬鹿不平多シ」という言葉が
福沢諭吉の茶掛にあることを聞いてから、
愚痴と不平は言わないことにしました。

感動する心と、何でもいいから自分を磨いていくという、
不断の「プロセス」が一番大事。

人間による泥臭いフィールドワークがなければ、
モノ離れといわれる今日の状況から脱することができない。

いま起きていることを「疑いの眼」で見る。
いまはわかっているつもりの自分を疑ってみる。

若い人に、人生をその時その時で安逸に過ごすのではなく、
また競争で人を追い越すための技術を勉強するだけではなく、
「人生の意味」を考えなさいと言いたい。

おもしろい仕事をしているとき、
ただ「楽しい、やりがいがある」なんて言っていないで、
楽しみながらも、きちんとその仕事の「本質」に迫っていくことです。

私はよく若い人たちに、「大きな人にはできるだけ一度でもお会いした方がいいよ」とすすめる。講演会に参加することも、お目にかかれるようなパーティにもぐりこむことも、適当な人を見つけて何とか紹介してもらうことも、やろうと思えばありとあらゆる方法がある。

「謦咳《けいがい》に接する」という古い言葉があるが、一目お会いしただけで不思議に書かれたものの気持ちがよくわかるということもある。

誰が魅力のない人に大切な時間を費やして会い、また酒や食事を共にするだろうか。一人の人間としての主体性の見えない人と話していることこそ馬鹿馬鹿しいことだと思うのは、別に外国人ばかりではない。

真の友は偶然にできるものではない。
夫婦と同じように相互の努力によってこそ維持される関係である。
しかしその根底にあるものは、誠実さと人間としての魅力である。

やたらと人に会って、名刺を交換してコレクションするのではなく、
「あの人に会いたい」と言ってくれる人が増えるような
ネットワークをつくり上げなければ意味がありません。

情報にしても友情にしても、「テイク・アンド・テイク」ではだめなのです。
「ギブ・アンド・テイク」を通じて人間のネットワークというものができてくる。

世の中には、つまらない人というのは、ひとりもいません。
人間ですから相性もあるでしょうが、あくまでも相対的なものです。
自分にとってつまらない人間でも、他の人にとっては有用な人もいます。
また、つまらないと思っていた人が、
ときにひょいと重大なことを言うこともあります。

自分と異なった考えが疎ましいと感じるとしたら、
新しい視点を獲得する絶好のチャンスかもしれません。
いきなり拒否するのではなく、「そうですか」と聞いておくのです。

いい上司にめぐりあった時期には、ひたすら、
いい部分を吸収することです。

悪い上司の時期は、反面教師にすればいいんです。

人事では、上司と部下の評価がしばしば食い違う。
だが、短期的には不公平に見えても、
長い目で見れば公正なのが人事。
目前の地位に固執していては大きな機会を失ってしまう。

「挫折した」などと悲嘆にくれ、来るべき好機への準備を怠ってしまえば、
新しいチャンスをモノにはできない。
一つのチャンスを逃しても、また別のチャンスを得られるように
間口を広げておけばよい。

人生はエレベーターです。
後からきた隣のエレベーターのほうが、早く上の階に着くこともあります。
それはバイ・チャンス、偶然の産物です。

物事を「イエス」か「ノー」かのどちらかで決める単純な状況でもなく、
気合いだけで駆けていく時代でもない。
判断は機械のスイッチのように決まるのではなくて、
生きものの神経のように、あらゆる部分の情報がつながって
総合的に行動しなければならない時代になってきたのである。

いちばん大切なのは、
成功から何を学んだか、
失敗から何を学んだかです。

Ⅲ　リーダーは豹変せよ

リーダーは見えざる組織と戦って勝つものだ。

リーダーの「カリスマ性」は、
並の人が考えていることの一歩先を読める人、
人が困ったときの状況を理解して、
適切なアドバイスを与えられる人であることは
間違いありません。

リーダーに問われているのは
肩書序列ではなく、
人間そのものの器量なのだ。

「上司は豹変せよ」

君子は豹変して成長する。
現場にいるときには現場の働き、
本社にいるときには大局を見ての働きが重要になる。
忘れてならないのは、戸惑う周囲への愛情である。

司令部は「頑張れ」と言いつつ第一線を見殺しにする戦術もありうるのだ。そのことは自らが一度は被害者の立場に立ってみない限りは体得できない。少なくとも幹部候補の人材はその意味では「加害者」「被害者」の体験を少なくとも一回か二回は重ねる必要がある。

トップになりたい野心のある人の多くは、
周囲の人がなってもらいたくない人であり、
周囲が推す人は多くの場合、
全くトップになる気持ちのない人である。

下の人から押し上げられ、
上の人からは引かれる。
それがリーダーの育ちかたとして理想の姿である。

人々は、リーダーを実によく見ているものです。

リーダーが人々を見るより、人々がリーダーを見る目の方がはるかに正確なのです。なぜか。人は、間違ったリーダーについていくと、戦いに負けたり、会社が解散に追い込まれたりすることを、本能的に察知しているからです。

世の中の縁でつながる人たちが、活力に満ちて生きていけるように
できれば、リーダーは人々を引っ張っていけるだけでなく、その人々
がまたリーダーを守り立てていってくれます。

昔からいわれているではないですか――「徳は孤ならず」と。

リーダーシップは魂のように浮遊している。
いつも社長の所にあるわけではない。
会議をしていたら地震がきたとする。
「机の下に入れ」と叫んだ若い人の上に
リーダーシップは宿っている。

人を育てられない人は結局、自分も育たない。
そういう人は役職の席に座っている資格はない。

私は蘭を栽培しているとは思っていない。
常々一緒に生きていると思っている。
そう考えると、経営も教育も同じだと気がついた。

社員も子供も、一人一人自分で育とうとしている。
それに毎日肥料をやったり、枝を曲げたり、型にはめこんだり、
過保護にしてはいないか。
大切なのは、あれこれと世話を焼くのではなく、
自分で自ら育っていくような環境をつくる。
「足音が何よりの肥やし」なのです。

「あなたに頼んだから、もう大丈夫だね」
「もうほんの一息ですよ」
「きちんと決着をつけてくださいね」というような言葉とともに、
私の「気」を送ります。
「気」は「元気」「やる気」「根気」「勇気」といった、
あらゆる要素を包含しているのです。

花が咲いた後にする「お礼肥え」を思い出してください。
成果に酬いることが、次の挑戦を励ますことになるでしょう。
励ますことと褒めることの違いを知り、それを適宜に使う。
そこまで細かく気を配れる人間でありたいものです。

すぐれたリーダーの存在する組織には、
あらゆる人にリーダーシップが備わっていなければなりません。

大勢の人がかかわって、誰もが
「私がやったのでプロジェクトが成功したんだ」と
思っていることは、最高の状態だと思います。

「社内評論家」は、実務から距離を置いた仕事に就いている人か、または、本当に忙しい実務に就けるのには不安なような人が多いのです。だからこそ、エネルギーを持て余して評論をするようになる傾向があるのではないでしょうか。

「社内評論家」が闊歩しないように、その人たちの力をすくいあげていくのも、リーダーの能力です。

忙しい人ほど難しい仕事を任せられるが、
器用貧乏にさせないプログラムづくりがいる。
暇な人に大仕事を頼むには、
よほど人物を見極めてからでないと危ない。

リーダーは、あらゆる場面で意思決定を迫られます。その上でリーダーは持久的なストレスに耐えられなければなりません。自分にはそんなこと無理だよと私自身も思うことがあるのですが、いやそんなことではいけない。こんなに大勢の人々に支持されているなら、自分の使命や社会的責任はどうなっているのかと反省すると、またひとつ力が湧いてくるのです。

報告しにくいことも「よく教えてくれた、ありがとう」と上司が喜んで聞いてくれれば、部下たちはいいこと、悪いこと取り混ぜて次々と知らせてくれるに違いありません。

反対に困った状況の報告をすると、それが報告をした人の責任でもあるように叱られるなら、誰もいやなことを上司に聞かせたくなくなります。

そうなると、そのうちに上司というものは本当にハダカの王様になって、本人だけはいいご機嫌になります。でも反対に、事態がどんどん悪化していくことは、いまさら言うまでもありません。

「名参謀」はリーダーの力を強化し、黒子に徹することができる人をいう。

リーダーの顔色をうかがいその言葉を垂れ流すのは、ただの「側近」である。

秘書に仕事や判断の一部を任せる。
そうすることによって、社長のできる仕事が二倍にも三倍にもなる。
それには以心伝心のコンビをつくること以外にない。

まるごと仕事を渡し、その人にやる気を出してもらう。
これがいわゆるエンパワーメントの意味です。
ただの権限委譲ではなく、ただの励ましでもない。
その両方を含めた行動でないと、
人々をエンパワーすることはできません。

下の人が伸びることによって上の人も伸びる。
逆に、上の人が伸びることによって下の人も伸びる。
上司は部下を育てるが、部下も上司を育てるのです。

Ⅳ　経営者は最初に自己革新せよ

よく「会社を革新する」というが、
何を一番先に革新しなければならないかといえば、
それは「社長自身」である。

物事を変えるには少し行き過ぎるくらいにしておいて、
またそれを正常に戻すこともテクニックとして必要。

私が口で言っているほどのことはできないにしても、
私が言わなければ一歩も進まない。
一〇〇言って二進めばいい。
二進んだら次の一〇〇を言えば、また二進むかもしれない。
結局いつか一〇ぐらいは進むだろうという楽観的な理屈である。
計算してやっていたら何もできないので、
少し無謀でも私が理想論を説けば、
下の人がバランスをとってくれるので、そうした考えでいる。

人間にとって能力の他に
「人徳」が欠かせないように、
企業にとっても「徳」が不可欠だ。

「変化してよいもの」と
「変化させてはいけないもの」を
きちんと見極める。

「経営」は学問や評論であるよりもそれ自体が「生きもの」である。
普遍的な理論はあるとしても、実際に行動すべきことは、
「瞬間の判断」によって定まるということだ。

「直感的な判断」の後ろには、
経営者の骨太な哲学の背景と、
絶えざる努力が必要なのである。

具体策を示さずにただ「頑張れ」では、トップの方針にはならない。

荘子の言葉の中に「生命のない秩序よりも生命のある無秩序のほうがよほど尊い」というのがありますが、組織として完全に秩序立ててしまって、しかしその中に命が通っていない、あるいは意識が通っていないよりは、組織としてはむちゃくちゃでも、生命の通った動きをするものがあったほうが、はるかにいいと思います。

女性の直感が世の中を変えていく。

「経済性」にこだわったら、
「オリジナル」は上手くいかないですね。
だから世の中が薄っぺらになると、僕は考えているんです。

有事でなくても組織は絶えず見直すべき。

会社は、今や「資本の論理」だけでは成り立ちません。
「創造の論理」が大切になってきているんです。

突然の社長就任は、
海でみんなと一緒に泳いでいたら、
突然大波がやってきて、
私一人が岸に打ち上げられた心境でした。

医師である義父が手術を受ける前に病床でこう言った。
手術をすることには二つの意味がある。
一つには患部をとって病因を断つ。
もう一つは病人がこれでよくなるのだ、
という思いで活力が戻ることだと。

この医療の哲学のような原理が突然頭に浮かび、
「自分の手で自分の手術をしよう」と、心に決めた。
次第に病状が進んでしまってから他人の手を借りるのを待つよりも、
自己回復できる体力のあるうちに、ウミといえる過剰在庫を切り取ろう。
そしてそれをシンボルとして全社にショックを与えよう。

僕は社長になった直後、一度利益を半分に落とすほど会社の大手術をやりました。その時は、大量の過剰在庫がありまして、これをどうするかというのが大問題だったんですが、考えてみたら、在庫が積み上げてあったということはプラスの資産なんですよ。これはマイナスの遺産ではないのです。前の時代までの社長のプラスの遺産です。在庫が積み上げてあったからこそ、経営改革という大手術ができたんですよ。

自分がこの改革をやらないで誰がやるのか。
本当に危機だと信じたからこそ経営改革は実現した。
入社以来、三十余年あたためていた
「これではいけない」「いい会社にしたい」という
積年の想いと使命感が、大きな決断を生んだ。

「断じて行えば、鬼神も之を避く」

この日本の古い諺通り、
正しいと思ったことを思い切って行えば、
天が味方してくれる、運もつく。

私のことを「強運」の経営者だという人がいる。
しかしひとりでに「強運」がやってくるのではない。
準備を万全にした舞台に「運」が訪れてくれるのである。
それには「無私」ということが大事ではないか。

いろいろと改革を行ってきたが、それはいつも
「私一人」と「組織」との戦いであった。

社長を見て仕事をしてはいけない。

今あなたがかけている長い電話はお客様のためですか。それならいい。
でも課長のため、部長のため、あるいはあなた自身の保身のためと
気がついたらお切りなさい。

社員が「上＝社長」のほうを見上げている会社全体の価値軸を、
垂直から、社会とお客様のほうに九〇度水平に倒す。

ここは、あなたの会社です。
あなたの成長が会社を良くし
それが社会へひろがります。

人は変化を望み
また、変化をおそれる。
私たちは、理想と変化をつなぐ
主人公となろう。

お客様は、もっと美しくなれる。
まず、私たちが美しくなろう。
お客様が支持してくださるのは
そのときです。

心も体も健康に、張りあいのある仕事をしましょう。

一、お客様の喜びをめざそう。

二、形式にこだわらずに結果をみつめよう。

三、本音で語りあおう。

今、自分のやっている仕事は何のため?とふりかえりながら。

会社の中の人はいつも会社の都合しか考えないようになりがちで、
世の中の判断や価値観が違っていることにはなかなか気づかない。

会社と社会の価値観の違い

世の中の人が「欲しいもの」をつくっていないのではないか。

売ることばかり考えていて、結局はみんなが「喜ばないもの」をつくっているのではないか。

「会して議せず」といいます。
知恵を出し合えない会議は意味がない。
責任を逃れる口実のための会議は言語道断。
他人の大切な時間を使ったあげくの責任転嫁ほど、
許しがたいものはない。

学閥のような閉鎖的・排他的集団は、会社を滅ぼす要因でしかない。

「人間は対等」
「コミュニケーションの流通は自在」
私はこの二つの理由から、
社員に「さんづけ運動」を呼びかけました。

ある機会に、販売部長がこう言った。

「三十年つとめてやっと部長になったら、社長のちょっとした思いつきで部長と呼ばれなくなった」。

私は答えた。

「今は大革新の時代だ。明治維新のときだって今日からは帯刀を許されなくなった士族がたくさんいたのだよ。それが世の中の流れだ」。

私は社長になってから
「創業者は社会に役立つために、なぜこのような仕事を始めたのか」
ということを考えるために社史を読みかえすなどして
「原点訪ね」をした。
「原点戻り」ではない。

その人生を会社の中でいかに高めてもらえるか。
あるいは家庭の人生を充実し、個人の自由時間をいかに楽しめるか。
そういうことをひっくるめて定年になる時には
人間が大きくなったなという、そういう会社をつくりたかった。

企業のなかに一つのしっかりした風土や文化がないと、その企業が儲かっているときはいいのですが、儲からなくなったらたちまち信頼を失って、潰れてしまうということがあろうかと思います。

また、そのあるなしによって、人が育つか育たないかという点で、かなりの違いが出てくるのではないかとも思います。

二十一世紀のあるべき企業の姿というのは、小さな会社をつぎつぎと買収して、より儲けて、さらに大きな会社になっていくといったものではなく、みんなが勤めたくなるような、みんなに愛されるような会社であるということです。

世界が日本の企業や日本の経営者に要求しているのは、
「表情のある顔」である。

真の文化交流とは、
高きから低きにではなく、
人の心を樋《とい》にして、
水平に往き来するものではないだろうか。

「モノづくり」は「人づくり」。

経営を考える場合に私は「人生原理」というようなものを考えている。

私は決定が早いと言われているが、それはそのように努力しているのだ。
なぜならば決定しなければ待っている人がもどかしいだろうからだ。

ふだんの私は気が短いようです。
相反する性質が同時にあって、
しかも背反しているわけではありません。
大きな目的に対しては長いスパンで考え、
いまやらなければならない目先のものに関しては、
すぐやらないと気がすまないという気質なのです。

フランスの新聞記者　「あなたの個人財産はどのくらいですか？」

福原　「私の唯一の財産は私のエスプリです。
これは価格換算も売買もできるものではありません」

「不機嫌にならないように体調を保つこと」

これが私のモットーである。

大げさに言うと社会的責任である。

あなたは変わったと言われることがある。
それはこのように偶然ではなく、
自らが社員と社風の変革のモデルとなるべく努力したのだ。
そのために自分の家族からも「出たがりや」と批判もされるし、
いいことはないような気がする。
願いとするのは会社のリーダーが、社会へのスポークスマンとして、
「顔の見える会社」にするという責任感をもつことである。

当時は何かと外国と肩を並べたがっていた。しかし、その壁は厚かった。
商品を売り込みにいっても、冷たく断られたことが何度もありました。
「まあ、そこを何とかお願いします」とは言うんです。
「そこを何とか」という英語はないいんだけどね。

僕は、あまりものごとを「大変だ、大変だ」とは受け取らない。
言われてみて「ああそういえば、苦労もあったな」という程度です。

ある日の福原義春

撮影／エバレット・ブラウン

銀座・資生堂にて　二〇一〇年五月七日

基本的に万年筆党。愛用する万年筆はパーカーとモンブラン。両方とも大切なものなので無くならないように外出には携帯することはない。

自らを「悪筆」と称するが、周囲からは「味のある文字」といわれている。

贈られた本や自分で買った本の山がすぐにできる。

HB
SHISEIDO

原稿類は古くなったカレンダーの裏に書く。

新聞は５紙に目を通す。立ちながら読む。「読むのではなくてスキャンしているんですよ」と手早くページをめくっていく。

V 学ぶと変わる

自ら求めるもののない人は、何も得ることもない。

心のない「知」などありえないのです。

「価格」は見えますが、
「価値」は見える人にしか見えません。

「知」には人を動かす力があります。
人間の深い思索から生まれた「知」は、
人を感動させ、影響を与えます。
なぜならそこには、
「永遠の真理」が含まれているからです。

学ぶことの大きな意味のひとつは、
自分なりの歴史観、哲学をもつことにあると思っています。
言葉を変えていえば、
自分自身の「考え方の原理」をもつということです。

私の「大きな人間」の定義は
「中身のある人間」です。
知識があり、知恵があって、
その上に「知」というものがある人間。
この「知」をあえて一言でいえば、
「哲学」ということになります。

「大きな人間」になるためには、
たくさん人脈をもつことだ。
たくさんの本を読むことだ。
たくさんの映画を観ることだ。
たくさんの風景を見ることだ。

レコードにA面とB面があるように、人生には両面があるべきだ。

そしてレコードにもあるように、ときにはB面が思わぬヒットになるかも知れない。しかしいずれにしてもA面だけのレコードは未完成だ。

AとBがあって人生は豊かになり、人間を大きくするのだ。

「オタクな世界」は、本業と距離があればあるほどよいものです。

人間的に成長するためには、
おのれを律する必要があるように、
本当にやさしいものというのは
人間の成長を助けるものでなければならない。
寝っころがって動かない人間をつくるのが
テクノロジーの使命ではないのです。

「教養人」とは、ただ本を読んでいるだけの、
単なる「物知り」では決してない。
情報（データ）や知識（インフォメーション）が
元のまま集積されたものではなく、
人間という入れ物の中で
知性（インテリジェンス）に変換され、
「人間性」の一部になったものこそ、
教養だと考えたい。

「学ぶ」には、早いも遅いもない。
「学ぶ」機が訪れたときに、学べばよいのです。

告白しますと、
私は、学生時代はすこしも勉強する気になれなくて、
社会に出てもそんな状態が続いたんですが、
いろいろ経験を積んで五十歳頃になったら、
なぜか突然勉強がしたくなったのでした。

人生五十年を過ごしていろいろな経験をして、
すこしは社会のことを知ってみると、
ものごとを表面的、現象的に見るのではなく、
その基礎にあるもっと根源的なことを知りたいと思った。

読書や学習によって得た知識の上に、
人生、社会体験、多くの人に会い、その話を聞くこと、
できれば死や生について深く考え、死生観をつくり上げた上で
「より良い生き方」を思索していることが必要であると思う。

私という人間は
今まで読んだ本を編集して
でき上がっているのかもしれない。
逆にいえば、
本によって編集されたのが私なのだ。

子供ながら門前の小僧として父に展覧会や蘭を買いに連れて行ってもらったりしたが、後年悟ったことは、「いいものをたくさん見れば理屈なしにいいものの値打ちがわかる」ということだった。

それは蘭の世界だけでなく、仕事から趣味に至るまですべての世界に共通することのようだ。

ある有名な登山家が、「あなたは、なぜ山に登るのか」と問われたとき、「そこに山があるからさ」と答えたという有名なエピソードがあります。

そのひそみにならって、「あなたは、なぜ学ぶのか」と問われたら、私は躊躇なく「そこに先人が築きあげた知があるからさ」と答えるでしょう。

「あなたはいつ本を読むのか、よく暇がありますね」と尋ねられることはしばしばです。

「そんな暇はありませんよ」と答えると、相手の方は呆気にとられたような顔つきになります。

質問した人に「あなたは忙しいときは顔を洗わないのですか」と反問すると、「いえ忙しくても朝起きて顔を洗わないと一日中気持ち悪いですね」と言われます。

「そうでしょう。忙しくても本を読むのも同じことですよ」と答えるのです。

今、会社がとても忙しい。良い本はとりあえず買っておいて、定年になったらゆっくり読もうという人がいる。ところが残念なことにのんびりする頃にはたぶん体力や視力や感受性も衰えている。忙しい時期にこそ一日十分でも本を読んで、吸収した栄養をその時からの人生に、仕事に役立てるべきなのだ。

本にも旬があり、人が本を読むにも旬が大切だ。

本を読んできた人には、
ビジネスに欠かせない判断力があります。
仕事とは常に判断の積み重ねです。

本屋の棚を見るだけで、
いま世の中で何が起きているかということが
わかるじゃありませんか。
それだけでも大切なことだと思うのです。

会社の昼休みは、お茶を飲んだり、おしゃべりに興じていてもすむのです。だけどたまには本屋にきて本を覗いてみる、あるいはビジネス書を覗いてみるということもやっている人があるわけです。それは五年なり十年なりの会社生活のあとで、どのくらいの差がつくかということにつながるわけです。

あまりに問題意識を研ぎすまして読む本を選別し、その上、役に立つ文脈だけを吸収するとなると、効率的ではあっても人間の幅が狭くなりはしないでしょうか。

読書体験は、薄っぺらな知識ではなく、
やがて血となり肉となっていく。
本は人生の栄養分とよくいわれるが、
読書を重ねていくことで、
情報を消化させる胃袋も鍛えられていくのである。

本や新聞は情報だけでなく、
考え方や思想、想像力、
複眼的なものの見方を提供している。
それが読むことの喜びである。
それを次世代の人々にも発見してほしい。

並行して五冊前後を手元に置き、
熟読というよりはポイントを読んでいくというスタイルだ。
そして大切なところ一、二行は必ずメモを取る。

人は僕に言う。
「いつもファーストクラスで豪華な料理を食べて、
世界中を旅行して羨ましいですね」と。
僕は答える。
「でも旅行は自分のお金で自分の時間を自由に使えるのが
本当のぜいたくなのですよ」。

ビジネスマンがいわゆるビジネス書だけを読んでいたら、相変わらず従来の右肩上がり指向の、極端な言い方をすれば前世紀の遺物的なビジネスマンでしかありません。

『リーダーはかくあるべし――』というような本よりは、
人間学とか人生論とか世界観のような、
もっと本質的なものを読まなければ、根本的に解決にはならない。

私を育ててもらった社会に私は何をお返しすることができるか。
そのいくつかの中の一つの道が、本を書くことであり、
私の考えていることを聴いていただく講演というスタイルです。

講演やイベントなどの参加に際しては、できるだけ自分の目で、耳で、
ときには聴衆との握手で反応を確かめるようにしています。
毒にも薬にもならないアンケートの集計をもらったって、
書いた人の目が、顔が、浮かんで来ないのです。

不思議とベストセラーの本を読んでいないことに気がついた。
すでに価値がはっきりしたものを読むよりも、
自分なりの発見があった方がいいという
無意識の選択が働いているのかも知れない。

なにをかくそう、私は若い頃から辞世の句や言葉に不思議と興味をもち、メモをとってきた。人生、愚かなことをしたり、虚飾に満ちた折々もあるのだが、最期には生まれたままの純粋さに戻ったり、その人の本質が一瞬に輝くことがあるからだ。

少し本好きの人とつき合えば、
見逃すべきでない本の名前を得意になって教えてくれるはずだ。
その上こうしたつき合いにお礼を要求する人なんて
見たことも聞いたこともない。
だから、いわゆる「書友」をたくさんもつことは
人生にとっての財産になるのだ。
網を大きくしてアンテナの向きを変えるだけで、
大切な情報はいくらでも入ってくる。

私はくもの巣の城主ですから、どこかにちょっと
何かビリビリって引っかかると、「ああ、虫が来た」というんで、
そこに行って捕まえるか、あるいは破れた網を直してくる。
それを丁寧にこまめにやっていく。だから網がもっている。

働きながら、仕事をしながら、ある局面で、深く心に感じたときに学ぶからこそ、身につくのではないでしょうか。学ぼうという気持ちさえあれば、いつでもどこでもチャンスがあることを、私は強調したいのです。

私が自分の人生を考えたとき、

「時間を大切に使って、多くを学んで生きていきたい」

という思いがいつもあります。

「感動」というのは、
五感が最高に活性化された時に訪れるものです。
その時に、見えないものが見えてくる。

自分自身で選び取ったかどうか、
心の中をのぞいて、その確認だけはしてみてはいかがですか。

あとがき

大げさにいえば、生まれてから、ずっとずっといつも何かしらを感じ、学び、考え、取り入れてきたように思う。そしてそれを咀嚼し、消化し、今度は私なりの味つけをして世の中に送り出して来た。

その間には数多くの講演を頼まれ、メディアに寄稿し、何十冊かの本も出版したのだが、この度、それら大量な発信のなかから「言葉」を抽出して一冊の本に編むことになった。

タイトルを『私は変わった　変わるように　努力したのだ』としたのは、突然のように資生堂の社長になった時に、子供の頃からの古い私を一度捨てて、それまで学んで来た全てを軸にして新しい私に入れ換えようと決心したことからだ。それがその後いろいろな成果につながっていった。

今考えると蝶でも蝦でも脱皮はとても危険なことだが、そうしないと完成しないのだ。

振り返って見ると私の立場は大きくいって二つになると思う。

一つには「私」というものは一体何だろうということだ。それは誰しもが考える最も根源的な問いである。しかしいわゆる「私は何者か」という自分探しがそれだけで完結してしまったら何の意味もない。「私」を考えることで、自分の弱さと強みを知り、社会の中での私の立ち位置を確立しなければならない。

そのことを人生の大先輩として福沢諭吉先生が「独立自尊」といわれたではないか。

もう一つは私の立場から外の世界をどう見て、そこから何を学ぶかである。

私たちは常に他者やいろいろな環境に接して生きている。というよりもそこで生かされている。なればあらゆることを学び、そこに存在する価値を求めて吸収すべきではないだろうか。

そのことによって、私たちを取り巻く世界をより広く理解し、寛容であり、愛することができるのではないか。そして更に広くて深い心を育てることこそ生きていることの意味だと思う。

この本の取りまとめには、求龍堂編集部の鎌田恵理子さんの並々ならないお力を頂いたことに心から感謝する。

福原義春

福原義春（ふくはら・よしはる） 略歴

一九三一年、東京都品川区の山の手に福原信義の長男（一人っ子）として生まれる。祖父は資生堂の創業者福原有信。父は末っ子の五男であった。福原信三（資生堂初代社長）、信辰（写真家・路草）は伯父にあたる。幼い頃より父の影響で植物、読書に親しむ。父もリベラルな文化人で、家は文学者や芸術家の友人が集うハイカラなサロンであった。伯父たちから芸術論をふっかけられるなど、文化的な環境のもと義春は大人たちのなかで子供時代を過ごす。自宅近くの慶応幼稚舎に入学する。

昔の学友に「弱虫だった君がどうしてこうなったかね」と訝しがられるほど、子供時代は小さくて目立たない存在であった。一九四四年、慶応普通部（中学）二年の秋頃、太平洋戦争が激化し一家で長野県に疎開。小児喘息のため疎開先の学校には転校せず、ありあまる時間を家で父の蔵書を繰り返し読むことに費やす。

大学は生物学系への進学を望んだが、親族に跡継ぎ年代の男子がいない事情により、父の意見で経済学部に進む。経済学部の講義には興味がもてずに、映画鑑賞、読書、生物写真などに明け暮れる。写真の関係で出版社に出入りをし、光文社カッパブックスのカバー写真を担当する。

一九五三年、慶応義塾大学経済学部卒業。偶然にも資生堂の大学卒採用の第一期として入社する。当時は造船、製糖、鉄鋼などが人気の企業で、この時期の資生堂は大学の就職部長から「お気の毒に」といわれるほどの経営危機にあった。入社試験で「算盤が出来ますか。自転車に乗れますか」といわれたとおりに、一介の新入社員としてのスタートであった。その後、商品企画部門で「ものづくり」に関わる。製品開発課初代課長となりバイオテクノロジー事業を提案するもアイディアが早すぎ実現しなかった。

一九六六年、突然に資生堂アメリカの社長を命じられて渡米。業績不振で金策に負われるなか商談から荷造りまで何役も一人でこなし「本社は加害者、現地は被害者」を体験する。一九六八年帰国。商品開発部長を経て、一九七八年、取締役外国部長に就任。アメリカ時代の体験を生かし、現地と本社のコミュニケーションの正常化、国々の独自性に敬意をはらった対応を基礎に、フランス、ドイツの現地法人設立や中国進出など国際化をはかる。

一九八七年、前任者の急逝により第十代代表取締役社長に就任。「断じて行えば鬼神も之を避く」の思いで、増収増益が続くなか利益を半減をさせての過剰在庫の整理を断行。一時はメディアの総叩きにも遭遇。「能力に差別なし」と女性を登用。役職名で呼ばない「さんづけ運動」など、社員の意識改革を推し進める。

社長職は十年間と自ら期限を設定し、一九九七年より会長。二〇〇一年より名誉会長となる。東京都写真美術館館長、企業メセナ協議会会長、文字・活字文化推進機構会長、かながわ国際交流財団理事長、経営倫理実践研究センター理事長、日仏経済人クラブ日本側議長、日伊ビジネスグループ日本側議長、東京芸術文化評議会会長、世界らん展日本大賞組織委員会会長などの公職を歴任。二〇〇二年、フランスへの功労者に与えられるレジオン・ドヌール勲章グラントフィシエ受勲。パリ市名誉市民、北京市栄誉市民、東京都中央区名誉区民。

美術への造詣も深く、社員時代から四十年かけて収集し続ける、版画家・駒井哲郎作品約三七〇点を世田谷美術館に寄託した「福原コレクション」がある。エスプリの利いた随筆の名手でもあり、『ぼくの複線人生』（岩波書店）、『猫と小石とディアギレフ』（集英社）、『だから人は本を読む』（東洋経済新報社）をはじめ、自宅の温室で育てた蘭を撮影した写真集など著作は共著を含めて七十冊を越える。『松岡正剛　千夜千冊』（求龍堂）では全八巻という大著のアートディレクションを担当し話題となった。

仕事も趣味も深く愉しむ「複線人生」の実践者である。

本書は、これまで刊行されてきた書籍をはじめ、新聞、雑誌に掲載された記事などの資料をもとに著者自身が編纂したものである。

「生きる言葉」シリーズ

福原《ふくはら》義春《よしはる》の言葉《ことば》

私《わたし》は変《か》わった
変《か》わるように
努力《どりょく》したのだ

発行日　二〇一〇年七月十七日　初版
　　　　二〇一〇年九月十七日　第三版
著　者　福原義春（ふくはら・よしはる）
発行者　嶋裕隆
発行所　株式会社求龍堂
　　　　東京都千代田区紀尾井町三-二三
　　　　文藝春秋新館一階　〒一〇二-〇〇九四
　　　　電話　〇三-三二三九-三三八一（営業）
　　　　　　　〇三-三二三九-三三八二（編集）
　　　　http://www.kyuryudo.co.jp

印刷／製本　大日本印刷株式会社

ISBN978-4-7630-1022-3 C0095

「生きる言葉」シリーズ　好評既刊

迷い立ち止まりそうになるとき
「生きる力」を与えてくれる言葉がある。

堀文子の言葉　『ひとりで生きる』

「自由は、命賭けのこと」

自然の命を描き続ける日本画家・堀文子。自由であるために、真剣に孤独と向き合う姿、凛々しくも洒脱味溢れる言葉が、私たちの心の奥に眠っている勇気の種に火をつける。

志村ふくみの言葉　『白のままでは生きられない』

「心を熱くして生きなくて何の人生であろう」

染織家であり大佛次郎賞受賞の随筆家、志村ふくみ。ひとりの主婦が運命に導かれるように美のしもべとなり、植物の命をいただく染織家として自分の道を歩く苦悩と歓び。

熊田千佳慕の言葉　『私は虫である』

「命が生まれて来た根はみんな一緒」

世界的な生物画家として「プチ・ファーブル」と称された熊田千佳慕。98年の長き生涯、昆虫や花々の小さな生命をこよなく愛した著者の心あたたまる自然哲学的メッセージ。

高史明の言葉　『いのちは自分のものではない』

「死にたいって──、君のどこが言っているんだい」

在日朝鮮人二世として生まれる。息子を自死で失い、絶望の闇から『歎異抄』に導かれ、親鸞に帰依。「いのち」とは何かを親鸞の教えをもとに、自らの体験を通して提言。

定価／1,260円（本体1,200円）
共通仕様／四六判変型　簡易フランス装　総頁200～224頁前後